쿠키와 친구들의 돌고래 섬 모험

유양석 글   초코쿠키 그림

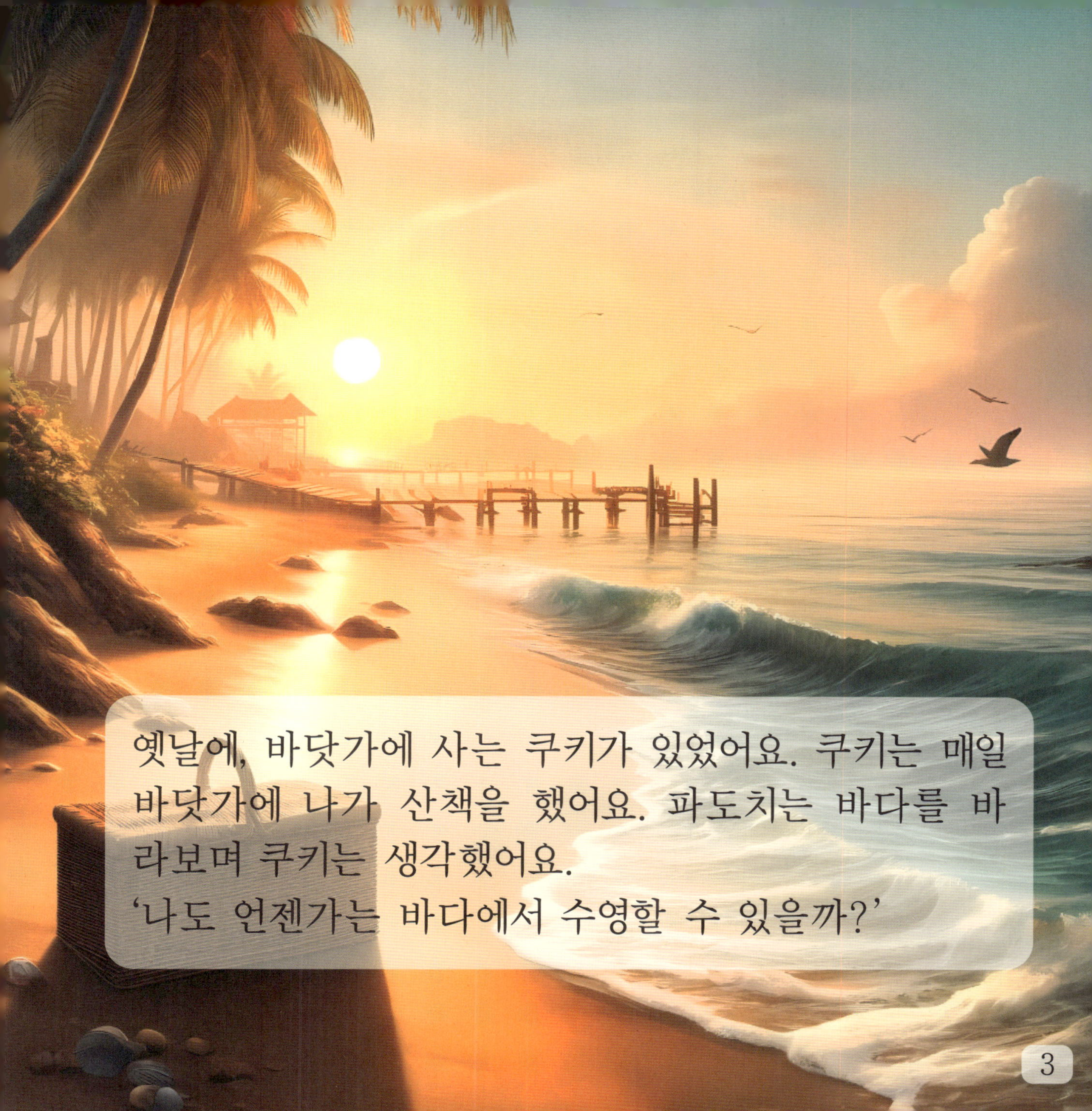

옛날에, 바닷가에 사는 쿠키가 있었어요. 쿠키는 매일 바닷가에 나가 산책을 했어요. 파도치는 바다를 바라보며 쿠키는 생각했어요.
'나도 언젠가는 바다에서 수영할 수 있을까?'

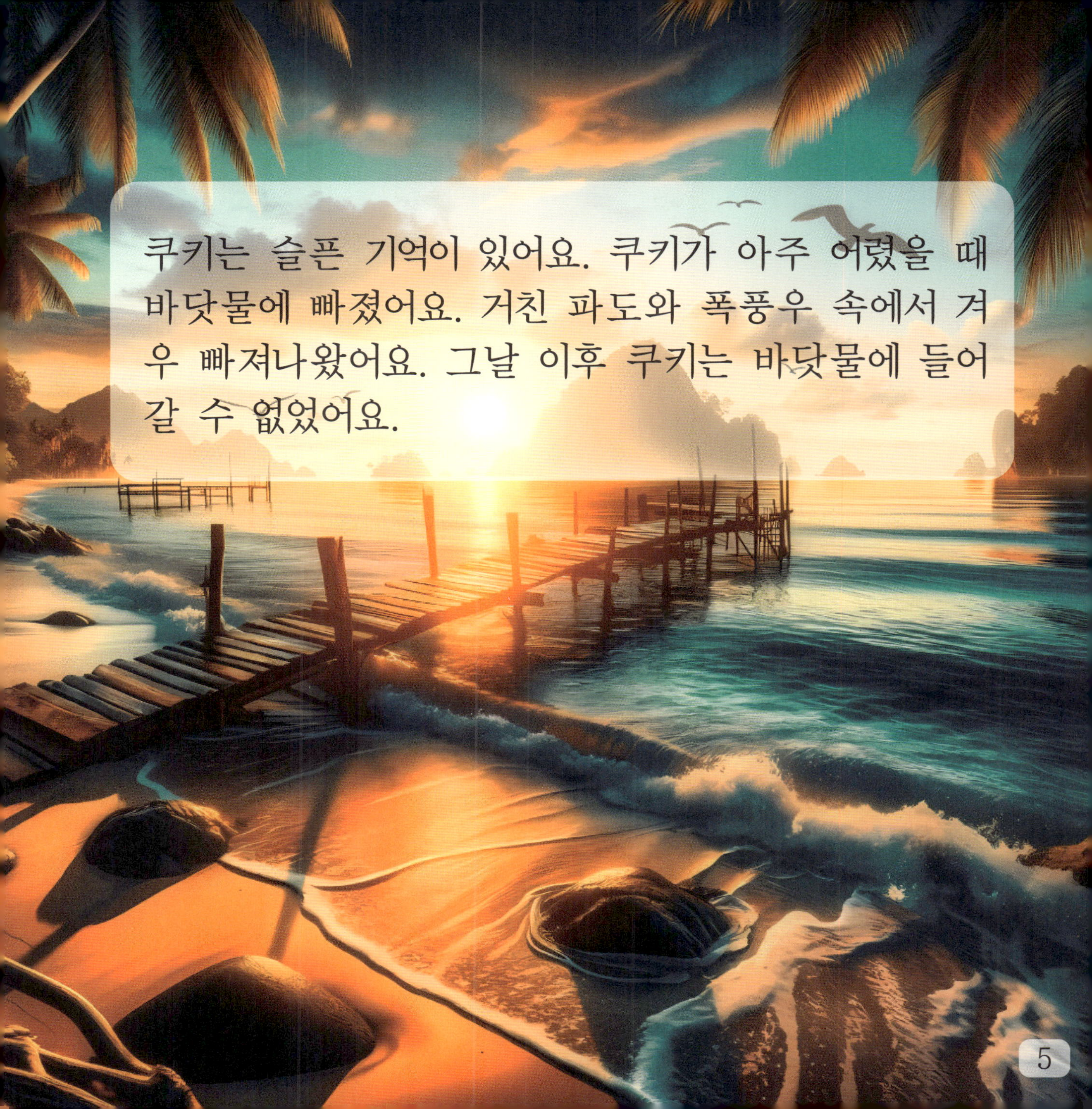

쿠키는 슬픈 기억이 있어요. 쿠키가 아주 어렸을 때 바닷물에 빠졌어요. 거친 파도와 폭풍우 속에서 겨우 빠져나왔어요. 그날 이후 쿠키는 바닷물에 들어갈 수 없었어요.

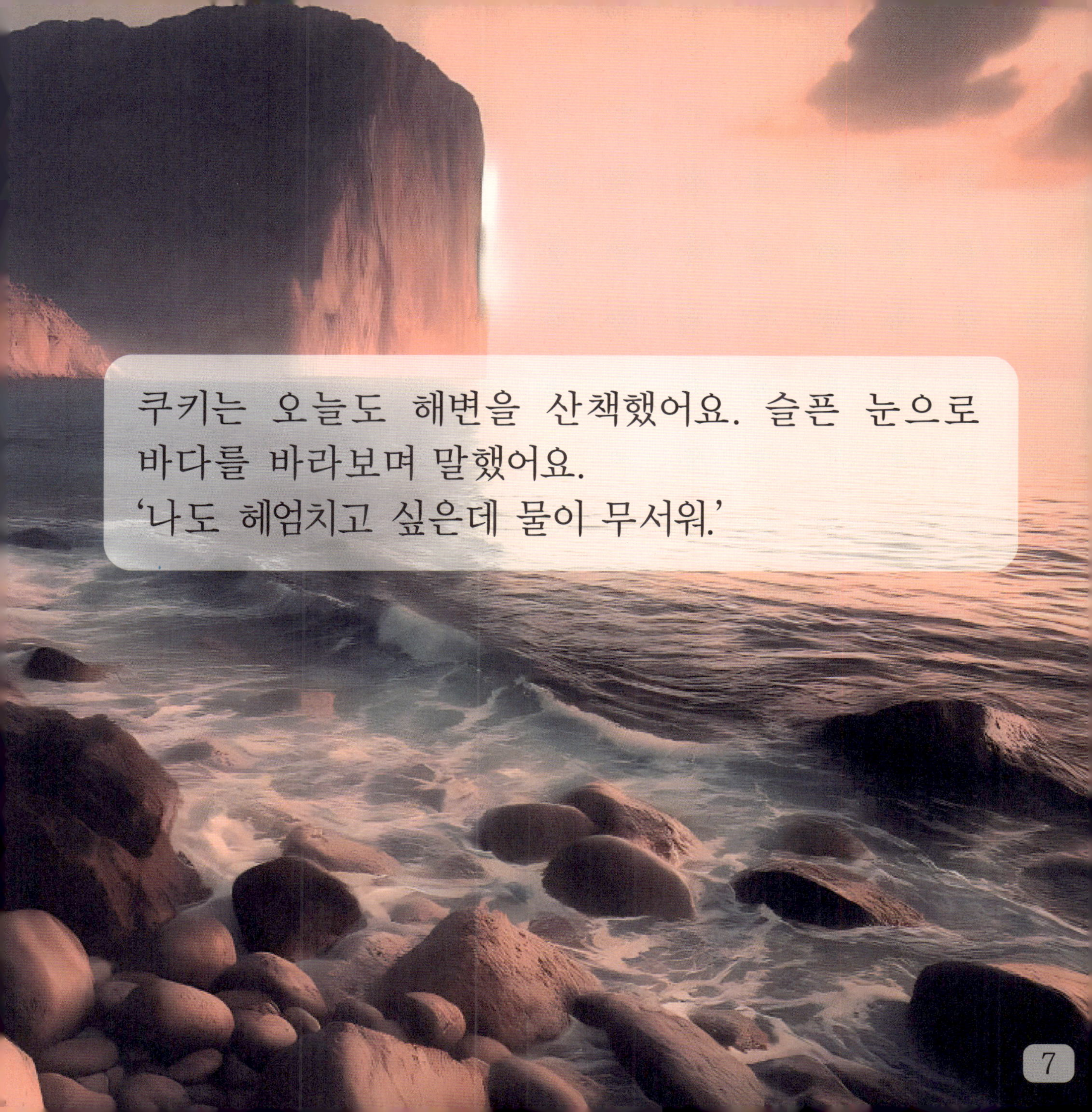
쿠키는 오늘도 해변을 산책했어요. 슬픈 눈으로
바다를 바라보며 말했어요.
'나도 헤엄치고 싶은데 물이 무서워.'

티미와 루나는 서핑을 마치고 해변으로 돌아오던 중,
멍하니 바다를 바라보고 있는 쿠키를 발견했어요.

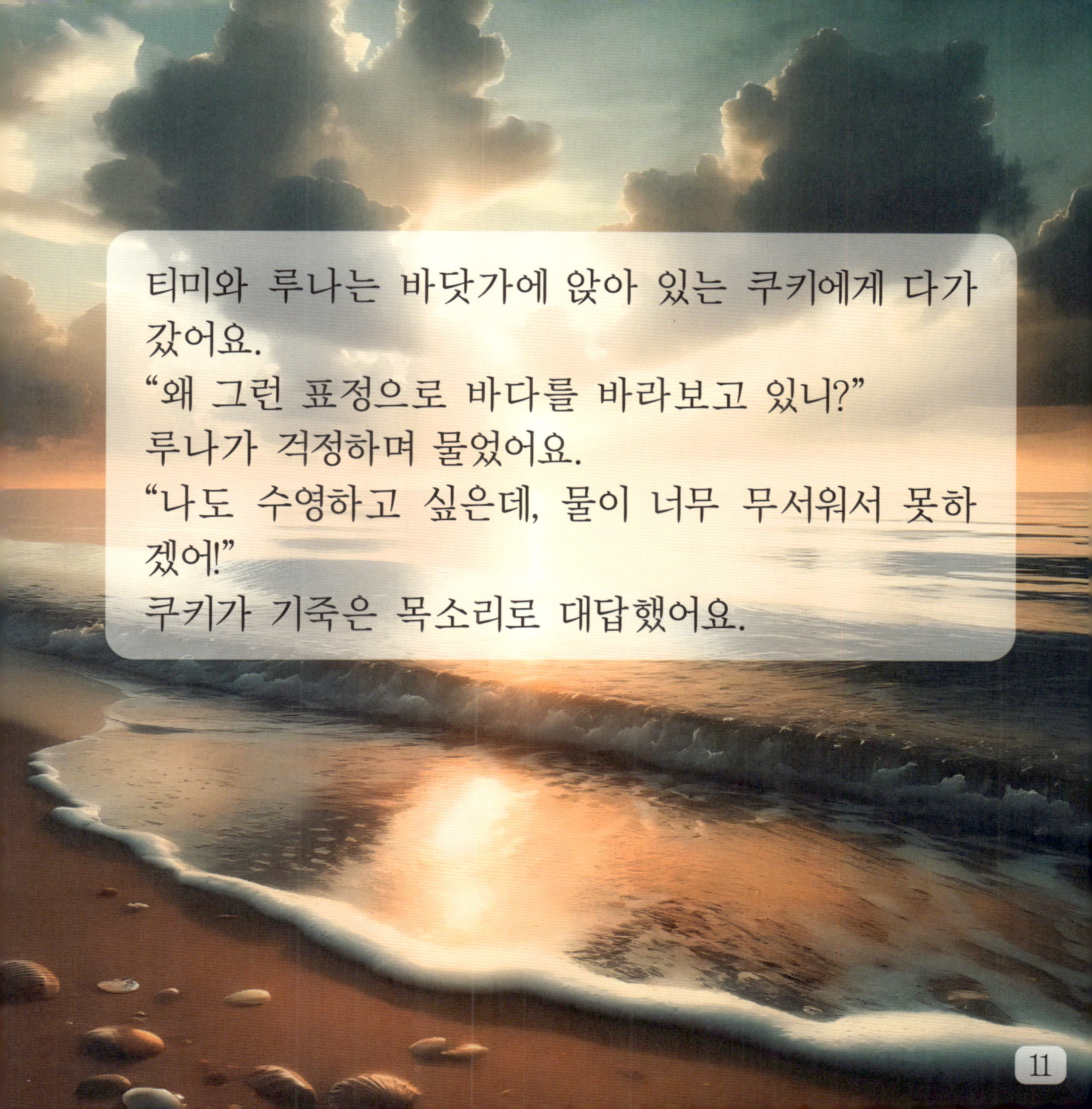

티미와 루나는 바닷가에 앉아 있는 쿠키에게 다가
갔어요.
"왜 그런 표정으로 바다를 바라보고 있니?"
루나가 걱정하며 물었어요.
"나도 수영하고 싶은데, 물이 너무 무서워서 못하
겠어!"
쿠키가 기죽은 목소리로 대답했어요.

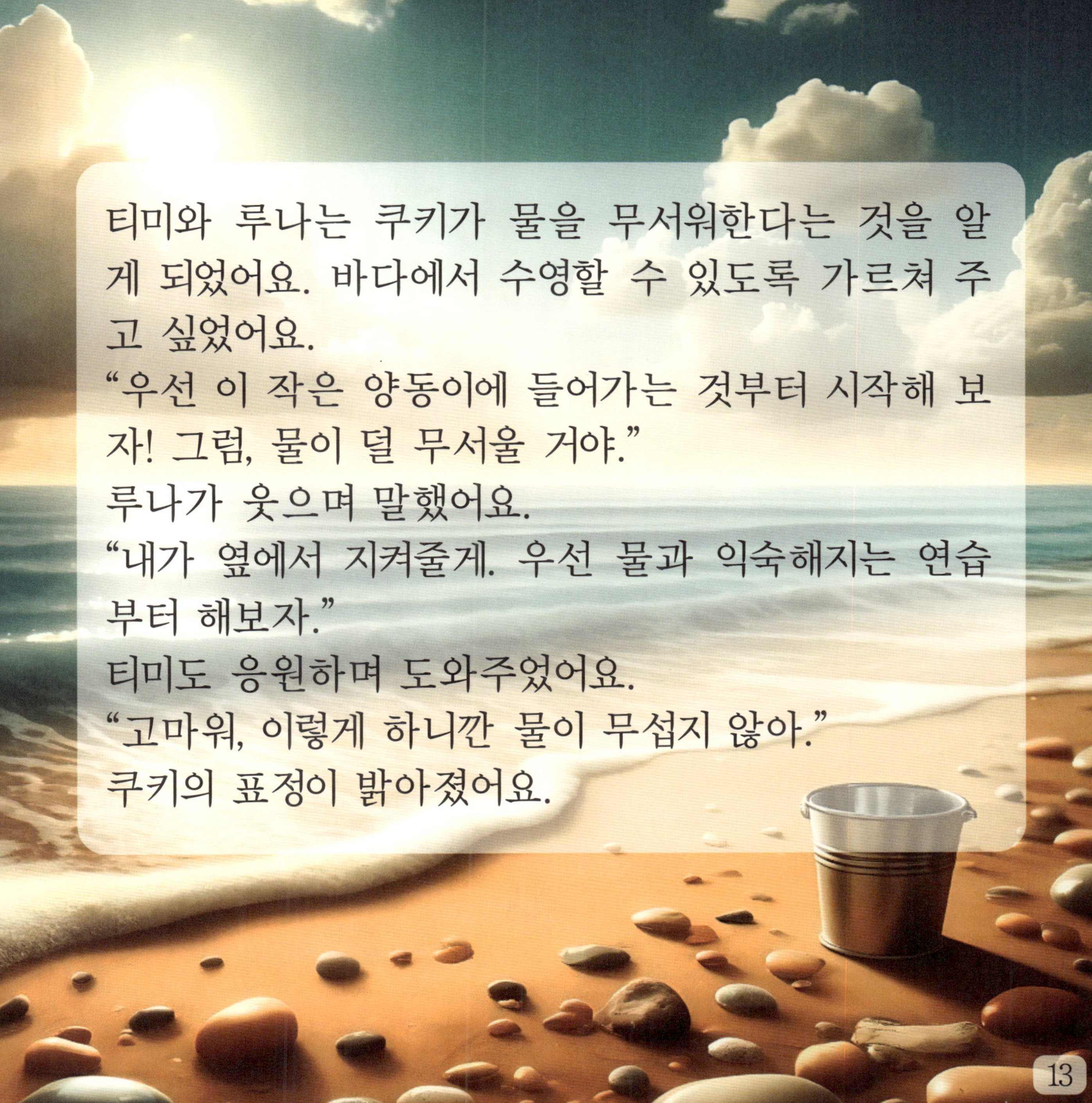

티미와 루나는 쿠키가 물을 무서워한다는 것을 알게 되었어요. 바다에서 수영할 수 있도록 가르쳐 주고 싶었어요.

"우선 이 작은 양동이에 들어가는 것부터 시작해 보자! 그럼, 물이 덜 무서울 거야."

루나가 웃으며 말했어요.

"내가 옆에서 지켜줄게. 우선 물과 익숙해지는 연습부터 해보자."

티미도 응원하며 도와주었어요.

"고마워, 이렇게 하니깐 물이 무섭지 않아."

쿠키의 표정이 밝아졌어요.

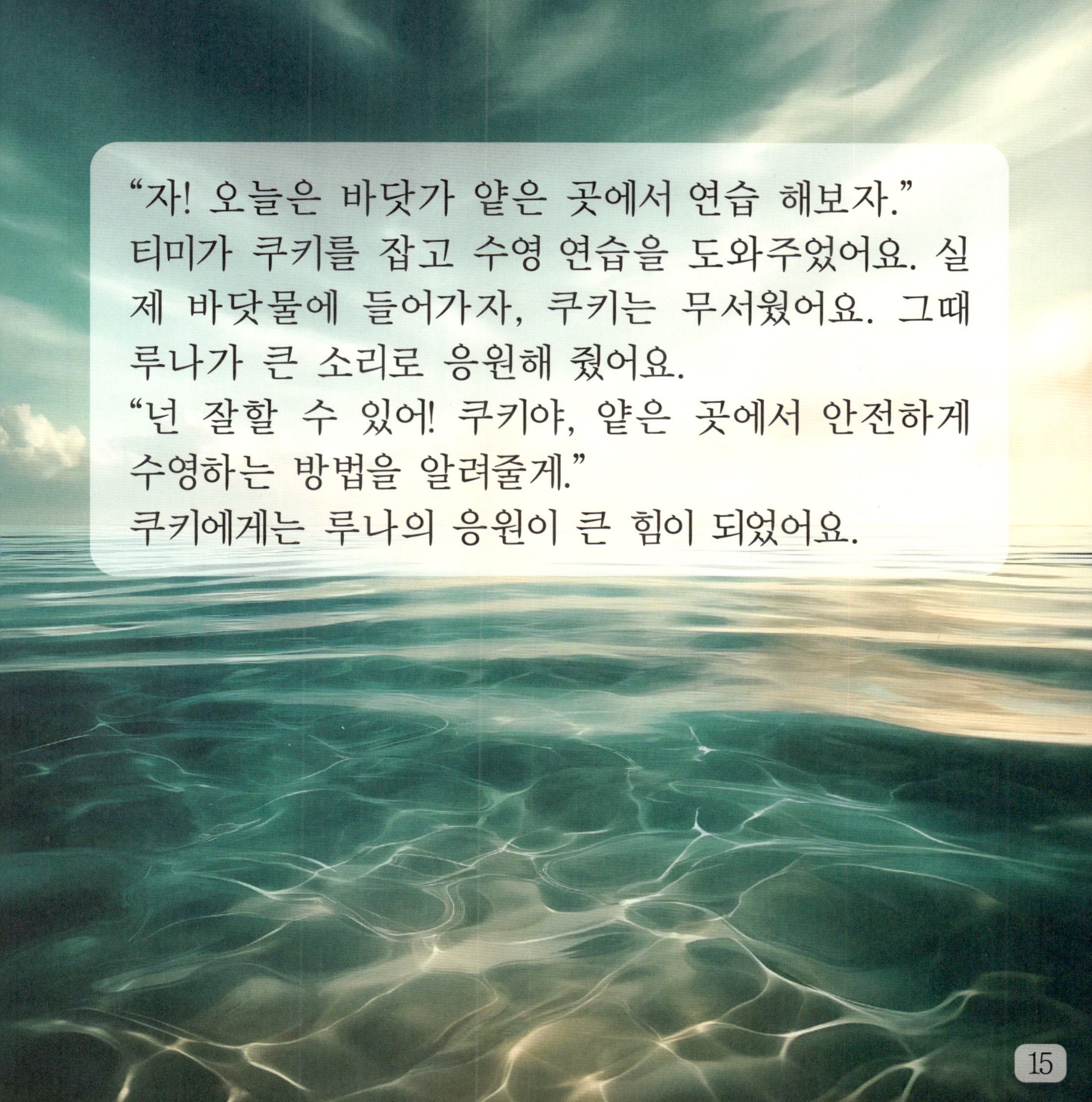

“자! 오늘은 바닷가 얕은 곳에서 연습 해보자.”
티미가 쿠키를 잡고 수영 연습을 도와주었어요. 실제 바닷물에 들어가자, 쿠키는 무서웠어요. 그때 루나가 큰 소리로 응원해 줬어요.
“넌 잘할 수 있어! 쿠키야, 얕은 곳에서 안전하게 수영하는 방법을 알려줄게.”
쿠키에게는 루나의 응원이 큰 힘이 되었어요.

다음날 쿠키는 구명조끼를 입고 바다로 들어갔어요. 수영하면서 물도 많이 먹고 힘들었지만, 포기하지 않았어요.

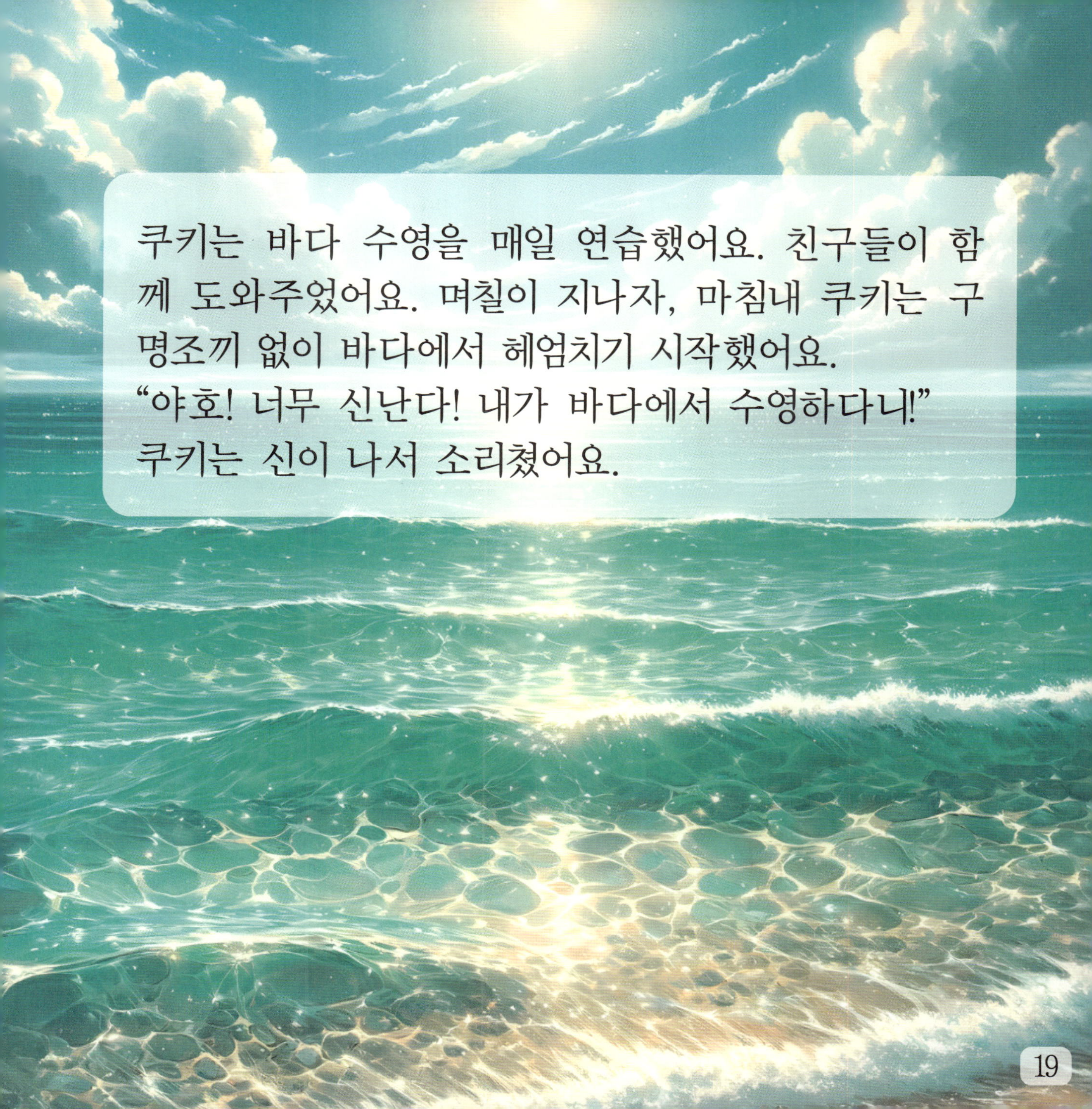

쿠키는 바다 수영을 매일 연습했어요. 친구들이 함께 도와주었어요. 며칠이 지나자, 마침내 쿠키는 구명조끼 없이 바다에서 헤엄치기 시작했어요.
"야호! 너무 신난다! 내가 바다에서 수영하다니!"
쿠키는 신이 나서 소리쳤어요.

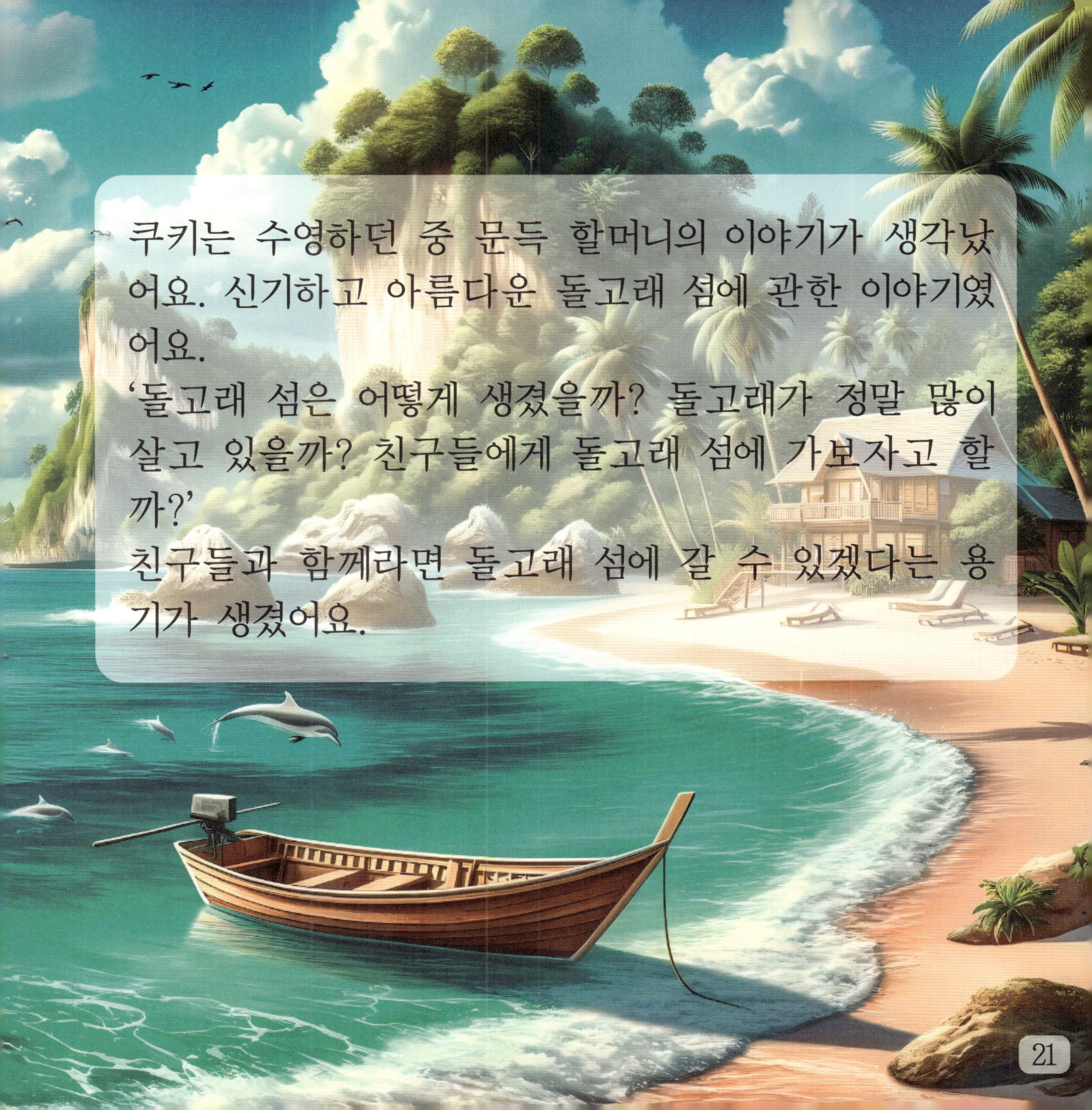

쿠키는 수영하던 중 문득 할머니의 이야기가 생각났어요. 신기하고 아름다운 돌고래 섬에 관한 이야기였어요.
'돌고래 섬은 어떻게 생겼을까? 돌고래가 정말 많이 살고 있을까? 친구들에게 돌고래 섬에 가보자고 할까?'
친구들과 함께라면 돌고래 섬에 갈 수 있겠다는 용기가 생겼어요.

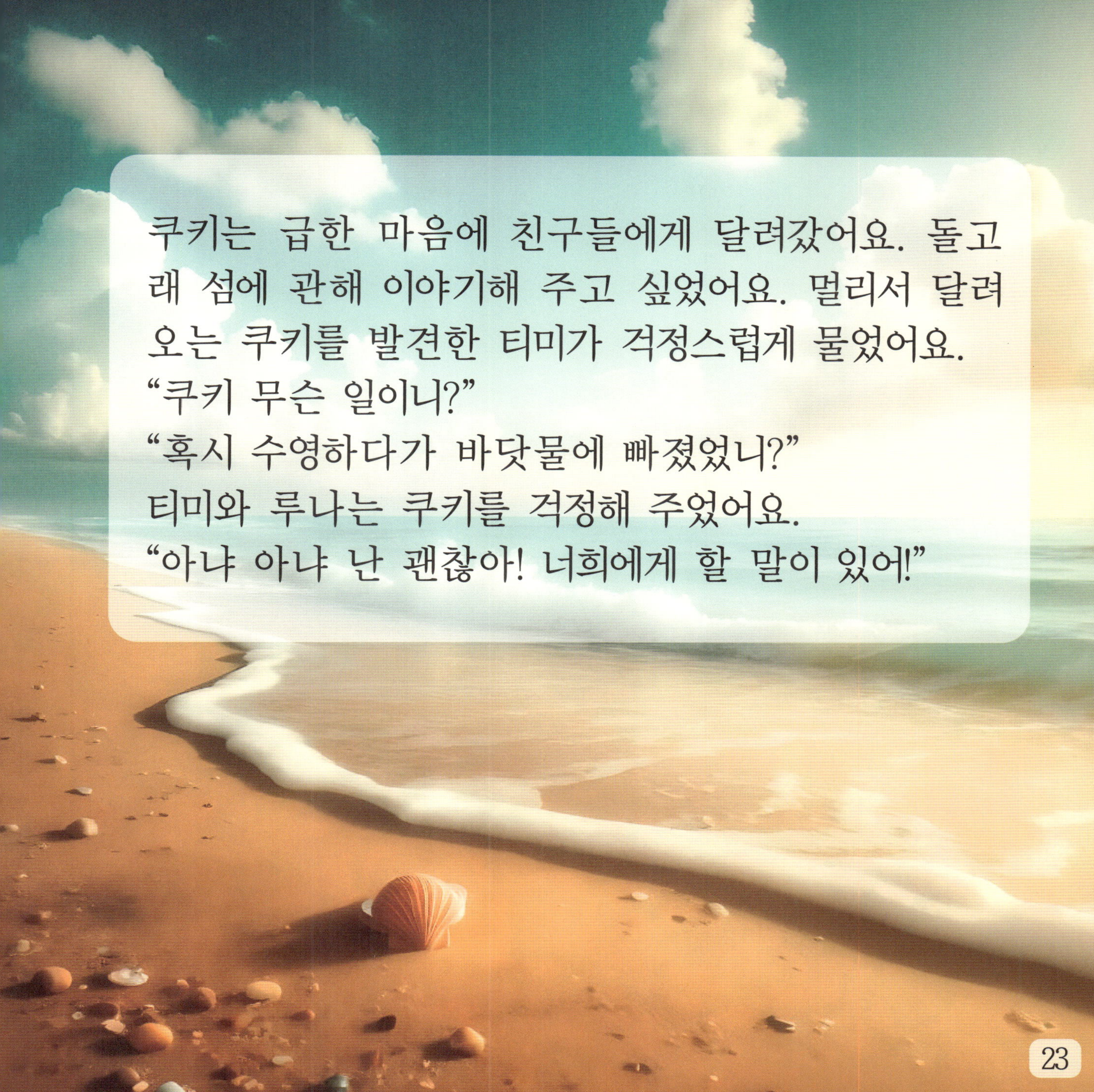

쿠키는 급한 마음에 친구들에게 달려갔어요. 돌고
래 섬에 관해 이야기해 주고 싶었어요. 멀리서 달려
오는 쿠키를 발견한 티미가 걱정스럽게 물었어요.
"쿠키 무슨 일이니?"
"혹시 수영하다가 바닷물에 빠졌었니?"
티미와 루나는 쿠키를 걱정해 주었어요.
"아냐 아냐 난 괜찮아! 너희에게 할 말이 있어!"

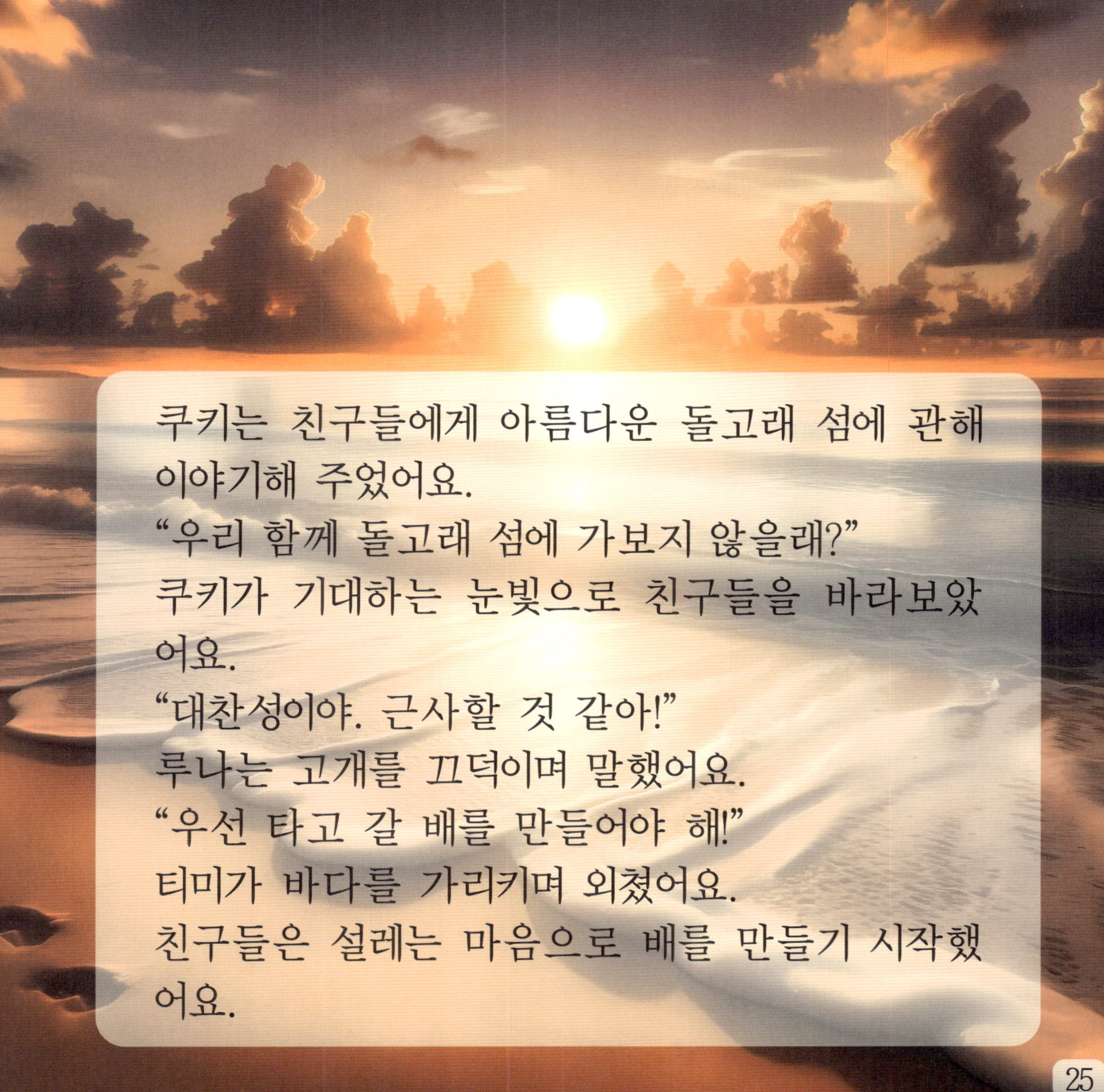

쿠키는 친구들에게 아름다운 돌고래 섬에 관해
이야기해 주었어요.
"우리 함께 돌고래 섬에 가보지 않을래?"
쿠키가 기대하는 눈빛으로 친구들을 바라보았
어요.
"대찬성이야. 근사할 것 같아!"
루나는 고개를 끄덕이며 말했어요.
"우선 타고 갈 배를 만들어야 해!"
티미가 바다를 가리키며 외쳤어요.
친구들은 설레는 마음으로 배를 만들기 시작했
어요.

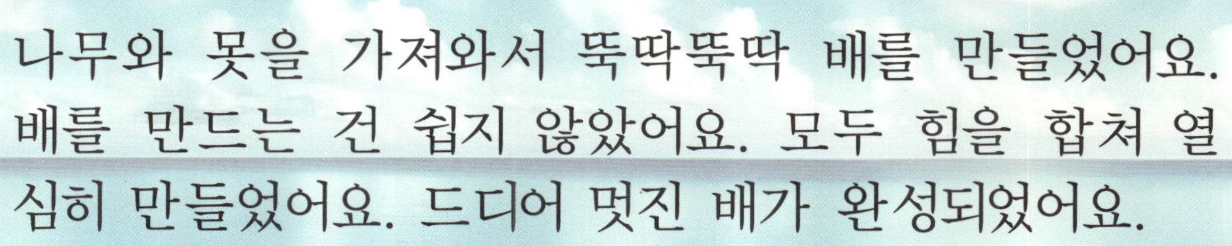
나무와 못을 가져와서 뚝딱뚝딱 배를 만들었어요.
배를 만드는 건 쉽지 않았어요. 모두 힘을 합쳐 열
심히 만들었어요. 드디어 멋진 배가 완성되었어요.

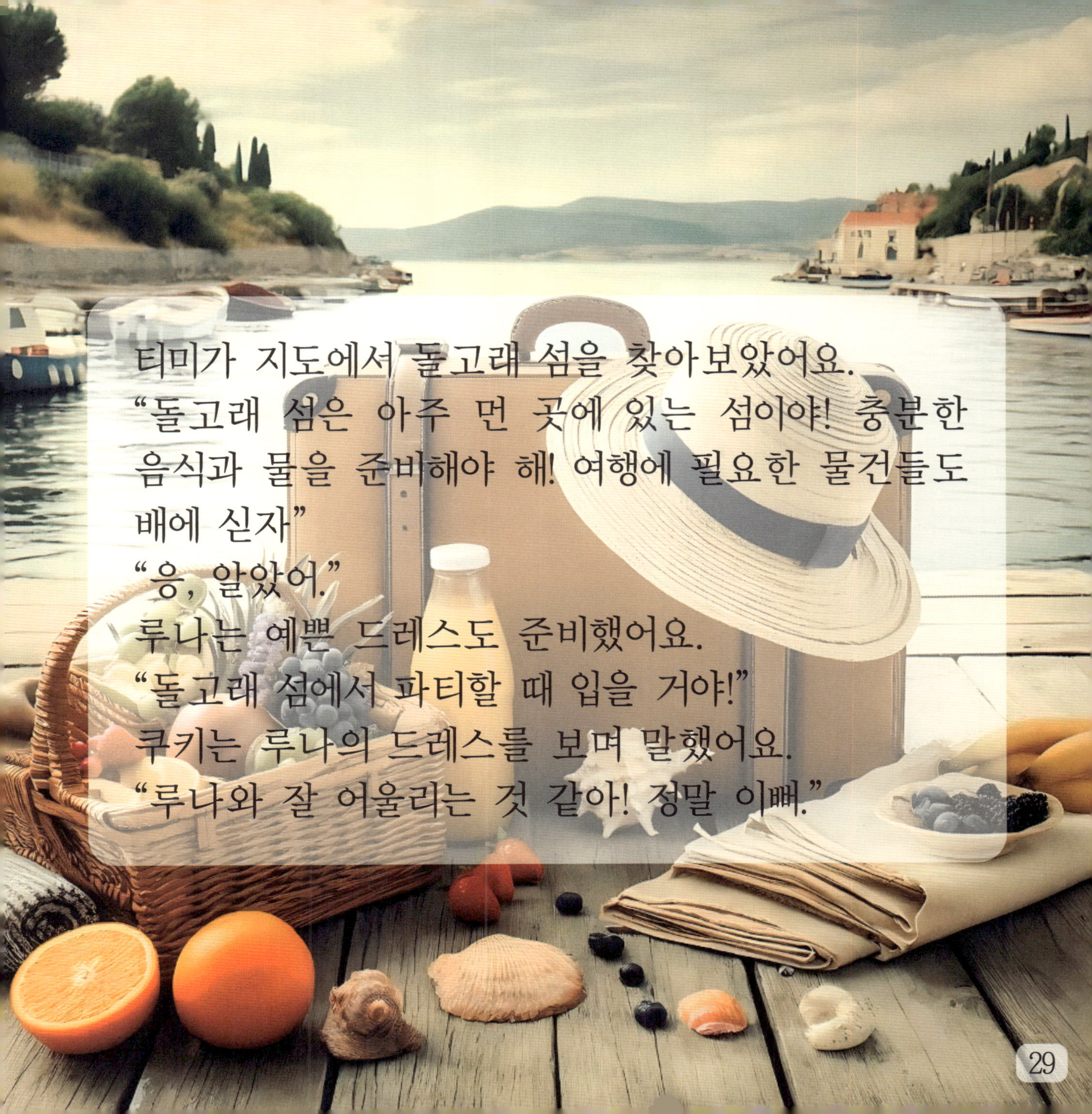

티미가 지도에서 돌고래 섬을 찾아보았어요.
"돌고래 섬은 아주 먼 곳에 있는 섬이야! 충분한
음식과 물을 준비해야 해! 여행에 필요한 물건들도
배에 싣자"
"응, 알았어."
루나는 예쁜 드레스도 준비했어요.
"돌고래 섬에서 파티할 때 입을 거야!"
쿠키는 루나의 드레스를 보며 말했어요.
"루나와 잘 어울리는 것 같아! 정말 이뻐."

기쁜 마음으로 출발했어요. 바다는 반짝이는 파도와 갈매기 소리로 아름다웠어요. 세 친구는 설레고 기뻤어요. 멋진 항해가 시작되었어요.

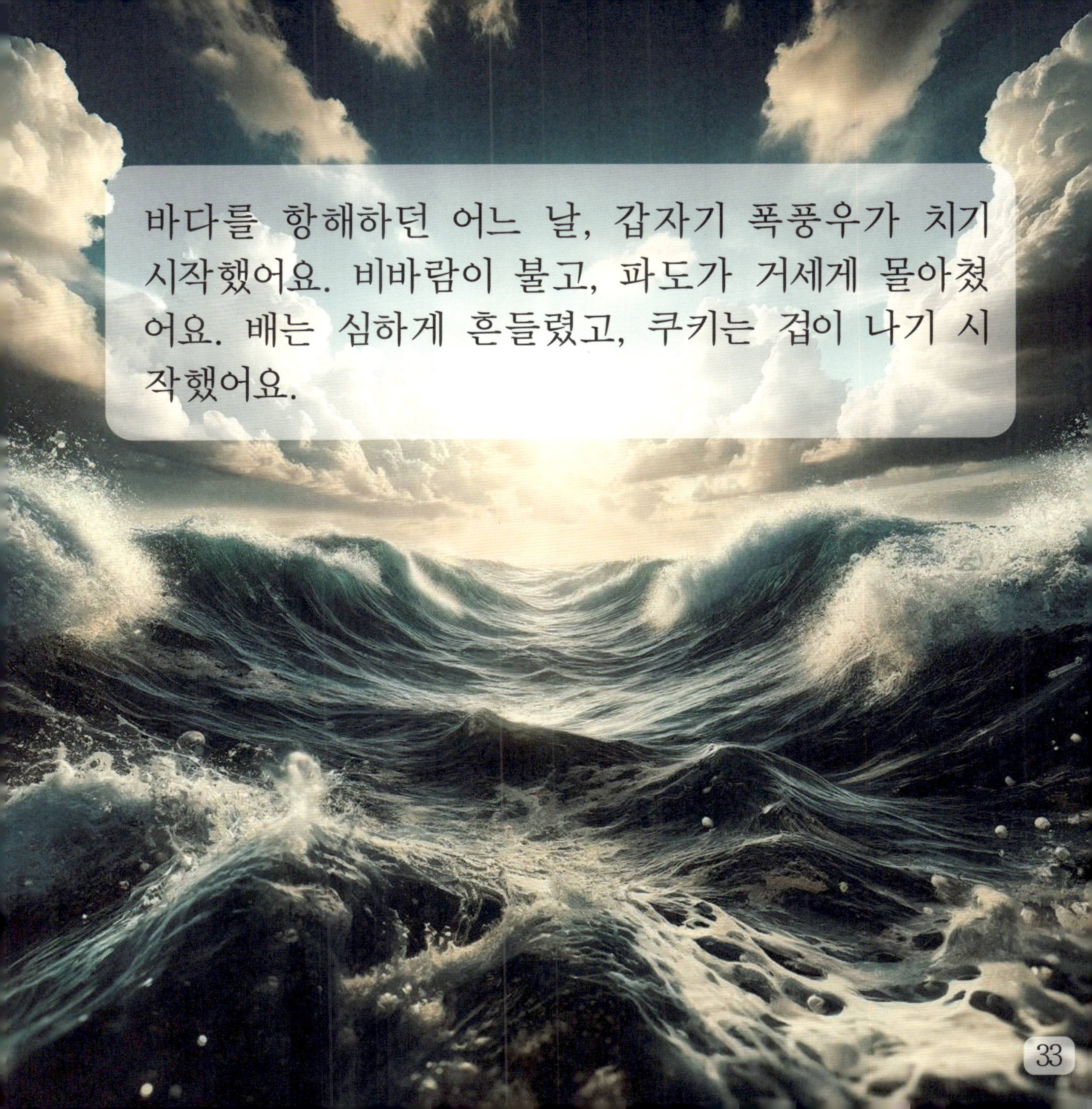

바다를 항해하던 어느 날, 갑자기 폭풍우가 치기
시작했어요. 비바람이 불고, 파도가 거세게 몰아쳤
어요. 배는 심하게 흔들렸고, 쿠키는 겁이 나기 시
작했어요.

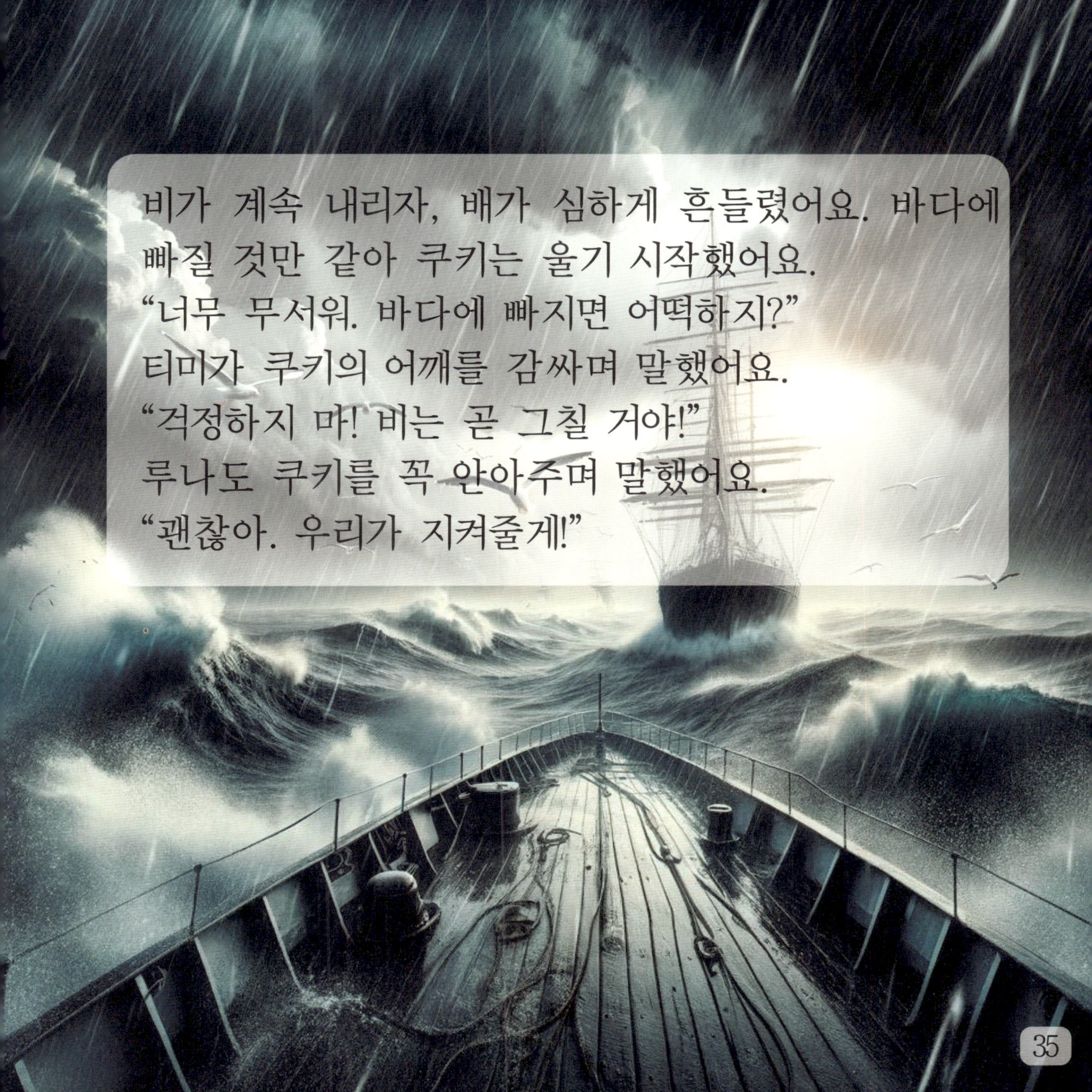

비가 계속 내리자, 배가 심하게 흔들렸어요. 바다에
빠질 것만 같아 쿠키는 울기 시작했어요.
"너무 무서워. 바다에 빠지면 어떡하지?"
티미가 쿠키의 어깨를 감싸며 말했어요.
"걱정하지 마! 비는 곧 그칠 거야!"
루나도 쿠키를 꼭 안아주며 말했어요.
"괜찮아. 우리가 지켜줄게!"

36

티미가 큰 소리로 외쳤어요.
"자! 밧줄을 꼭 잡아! 서로서로 붙어있어! 바다에 빠지면 안 돼!"
친구들은 서로 힘을 합쳐 폭풍우를 이겨냈어요.

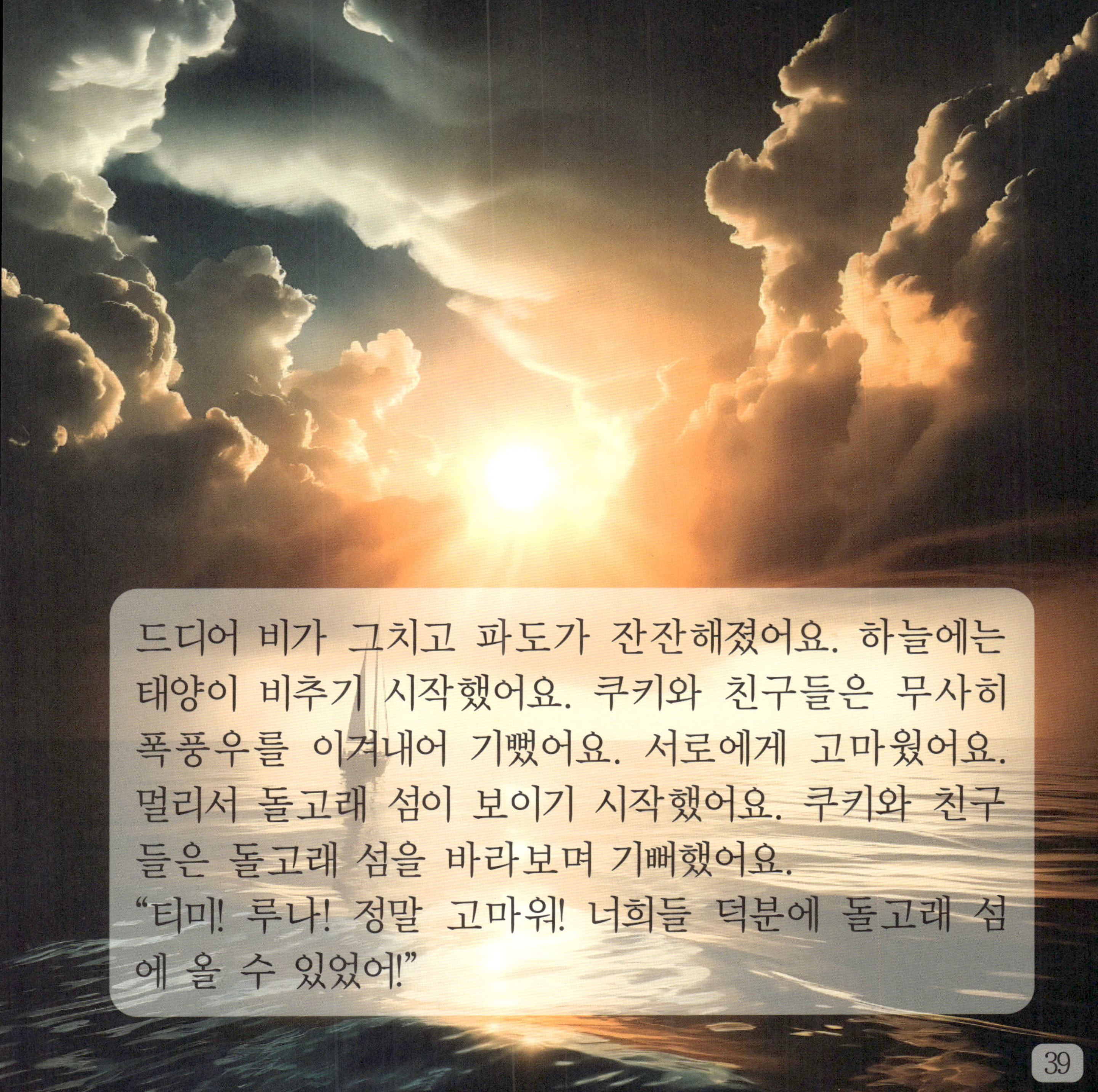

드디어 비가 그치고 파도가 잔잔해졌어요. 하늘에는 태양이 비추기 시작했어요. 쿠키와 친구들은 무사히 폭풍우를 이겨내어 기뻤어요. 서로에게 고마웠어요. 멀리서 돌고래 섬이 보이기 시작했어요. 쿠키와 친구들은 돌고래 섬을 바라보며 기뻐했어요.
"티미! 루나! 정말 고마워! 너희들 덕분에 돌고래 섬에 올 수 있었어!"

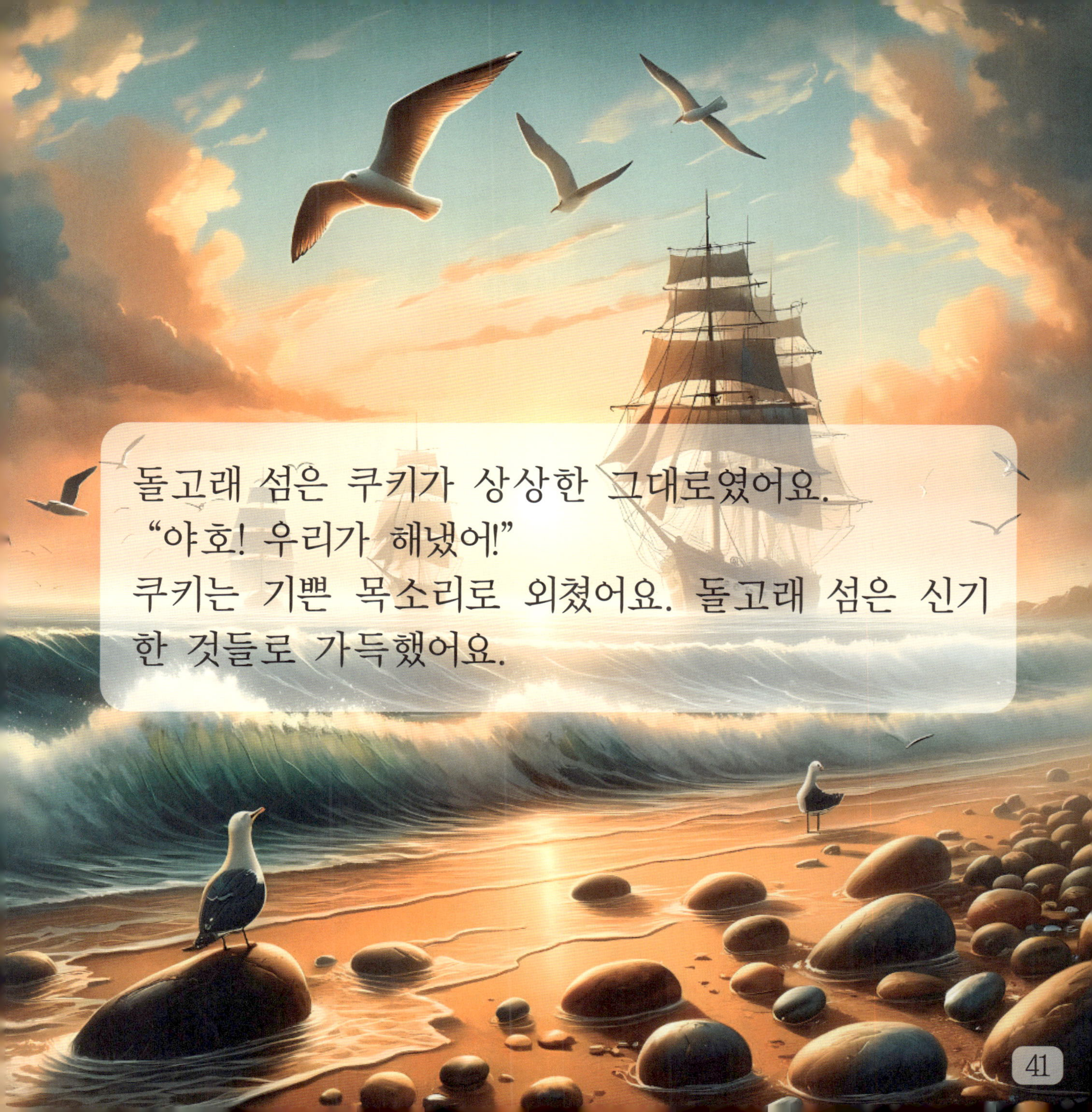

돌고래 섬은 쿠키가 상상한 그대로였어요.
"야호! 우리가 해냈어!"
쿠키는 기쁜 목소리로 외쳤어요. 돌고래 섬은 신기한 것들로 가득했어요.

무지개 꽃으로 가득한 아름다운 섬이었어요.
"와! 알록달록한 꽃밭 같아!"
루나는 돌고래 섬의 꽃들을 보고 감탄했어요.
"저길 봐! 돌고래들이 우리를 반겨주고 있어!"
티미가 바다를 가리키며 말했어요.
"와! 정말 아름다워! 이렇게 예쁜 꽃들은 처음 봐!"
루나도 신이 나서 이야기했어요.

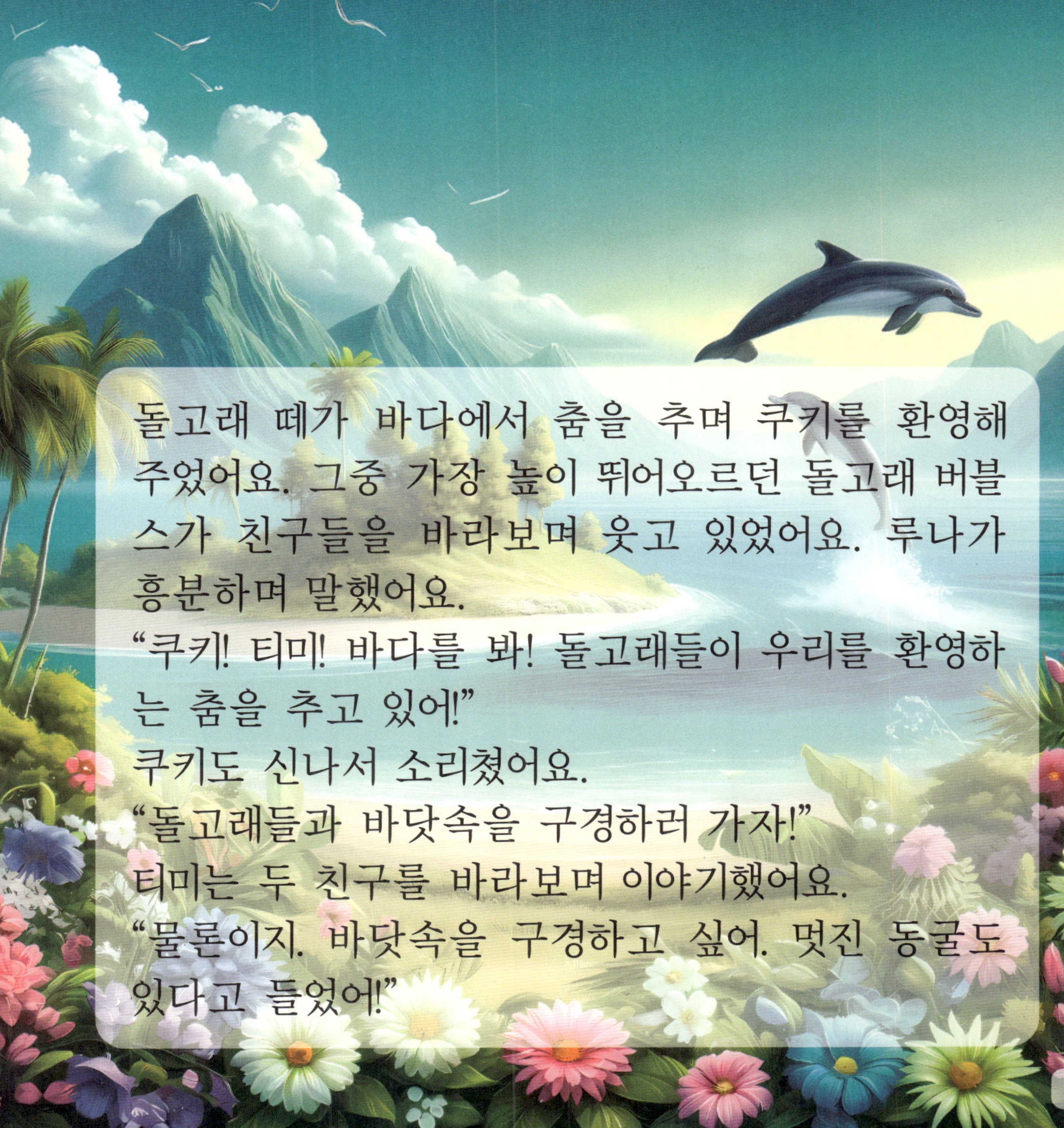

돌고래 떼가 바다에서 춤을 추며 쿠키를 환영해
주었어요. 그중 가장 높이 뛰어오르던 돌고래 버블
스가 친구들을 바라보며 웃고 있었어요. 루나가
흥분하며 말했어요.
"쿠키! 티미! 바다를 봐! 돌고래들이 우리를 환영하
는 춤을 추고 있어!"
쿠키도 신나서 소리쳤어요.
"돌고래들과 바닷속을 구경하러 가자!"
티미는 두 친구를 바라보며 이야기했어요.
"물론이지. 바닷속을 구경하고 싶어. 멋진 동굴도
있다고 들었어!"

46

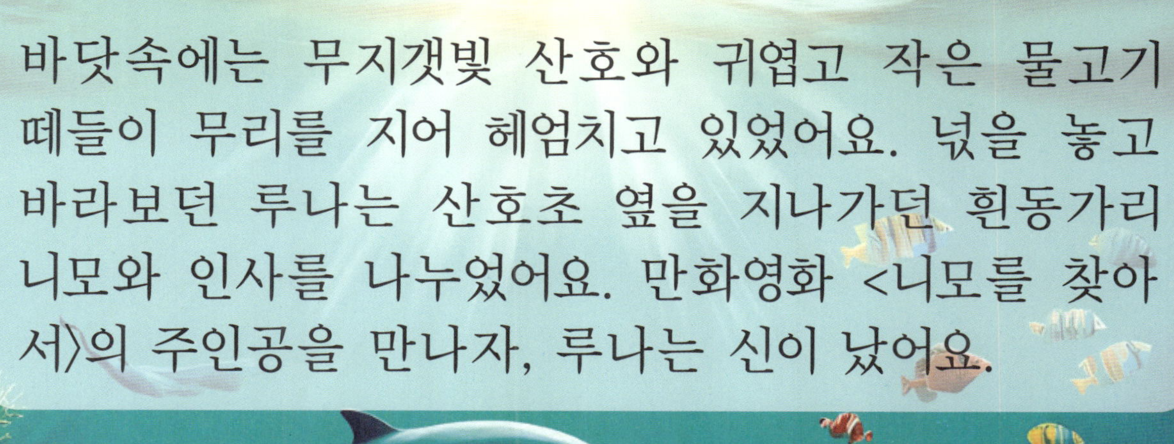

바닷속에는 무지갯빛 산호와 귀엽고 작은 물고기 떼들이 무리를 지어 헤엄치고 있었어요. 넋을 놓고 바라보던 루나는 산호초 옆을 지나가던 흰동가리 니모와 인사를 나누었어요. 만화영화 <니모를 찾아서>의 주인공을 만나자, 루나는 신이 났어요.

티미와 루나는 돌고래 버블스가 알려준 바닷속 신비한 동굴 속을 탐험하기로 했어요. 루나가 쿠키를 보면서 손을 흔들었어요.
"쿠키! 어서 와! 여기는 정말 신기한 것들로 가득해."
티미도 친구들 곁에서 속삭였어요.
"정말 굉장해. 이렇게 멋진 동굴은 처음 봐."

돌고래 섬 주변의 푸른 바닷속에는 신기한 물고기도 많이 있었어요. 버블스는 쿠키와 친구들을 등에 태웠어요.
"자! 친구들 꽉 붙잡아! 이제 바닷속 신비한 곳을 보여줄게! 출발!"
친구들은 버블스의 등에 올라타고 바닷속 깊은 곳까지 여행하게 됐어요.

바닷속 구경 후, 버블스는 맛있는 해산물 요리를
친구들에게 대접했어요. 쿠키와 친구들은 처음 먹어
보는 신선한 해산물 요리에 감탄했어요.

쿠키와 친구들은 돌고래 친구들과 함께 재미있게 놀았어요. 섬을 구석구석 구경하고 바다에서 수영도 했어요. 돌고래 섬에서 즐거운 나날을 보냈어요. 어느덧 돌아가야 할 시간이 다가왔어요.

헤어진다고 생각하니 서운했어요. 다시 만날 것을 약속하며 작별 인사를 했어요. 돌고래 버블스는 쿠키를 태우고 마지막으로 바다를 신나게 헤엄쳤어요.

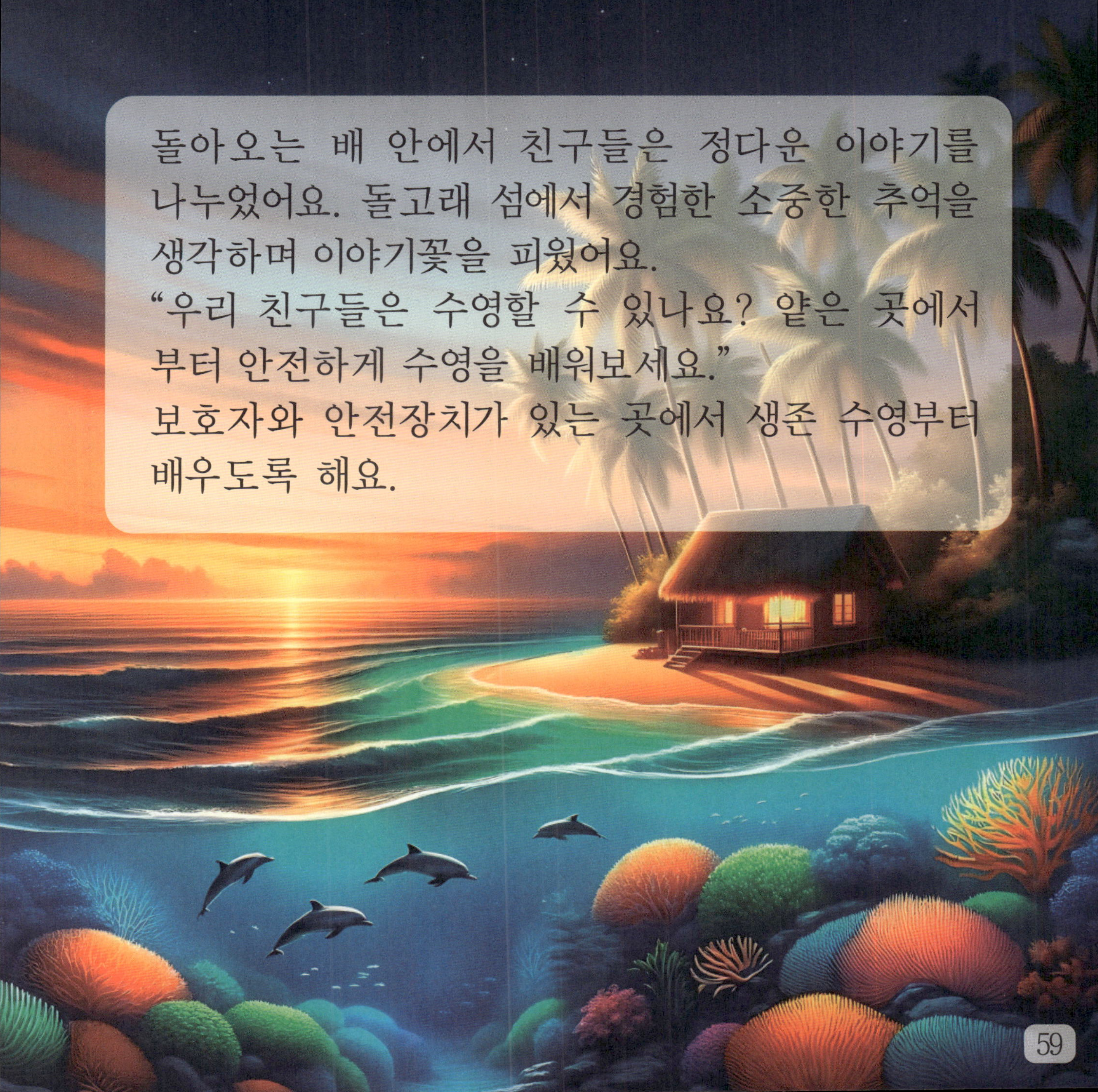

돌아오는 배 안에서 친구들은 정다운 이야기를
나누었어요. 돌고래 섬에서 경험한 소중한 추억을
생각하며 이야기꽃을 피웠어요.
"우리 친구들은 수영할 수 있나요? 얕은 곳에서
부터 안전하게 수영을 배워보세요."
보호자와 안전장치가 있는 곳에서 생존 수영부터
배우도록 해요.

몰티즈 쿠키

몸집이 또래보다 작고 겁이 많아요. 물을 무서워해서 수영을 못하지만 지혜로워요. 친구들의 도움으로 수영을 배우게 되고 꿈에 그리던 돌고래 섬으로 여행을 떠나요. 여행을 통해 용기를 배우고 모험을 찾아 떠나고 싶어 해요.

골든레트리버 티미

모험심이 강하고 용감해요. 어려운 상황에서도 절대 포기하지 않아요. 친구들이 어려울 때 항상 먼저 손을 내밀어요. 쿠키와 함께 모험을 떠나는 친구예요.

비숑 프리제 루나

친구들에게 인기가 많은 멋쟁이예요. 루나 또한 친구들에게 다정하고 배려심이 많아요. 쿠키를 좋아해요. 쿠키 곁에서 쿠키를 늘 응원해 줘요.

돌고래 버블스

명랑하고 씩씩해요. 돌고래 섬에 놀러 온 친구들을 반겨주고 돌고래 섬의 신기한 곳을 안내해 줘요. 쿠키의 도전을 응원하고 쿠키의 모험에 함께 해요.

◇◇◇ 나오는 친구들 ◇◇◇

겁쟁이 쿠키

멋쟁이 루나

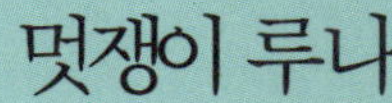

용감한 티미

명랑한 버블스

유양석 작가 소개

안녕하세요. 친구들! 내 별명은 키비예요. 키비는 '키가 크고 말랐다'라는 뜻의 '키'와 갈비에 '비'를 붙여서 만든 별명이에요. 어렸을 때 친구들이 지어 준 별명이에요. 여러분의 별명도 궁금해요.

『쿠키와 친구들의 돌고래 섬 모험』이라는 책을 소개할게요. 이 책에는 겁쟁이 몰티즈 쿠키, 용감한 골든레트리버 티미, 멋쟁이 비숑 프리제 루나, 그리고 명랑한 돌고래 버블스의 모험과 우정이 담겨 있어요.

돌고래 섬 모험 이야기가 궁금하신가요? 친구들도 모험을 떠나는 상상을 해보세요. 정말 흥미진진하고 신나겠지요. 다음 이야기에는 고양이 해적들을 만나 보물을 찾아 떠나는 모험이 시작될 거예요.

앞으로도 쿠키와 친구들의 활동을 많이 기대해 주세요. 여러분이 쿠키의 친구가 되어주세요.

▶작가연락처 : pillip012@naver.com

쿠키와 친구들의 돌고래 섬 모험

ⓒ 유양석, 2024

초판 1쇄 2024년 5월 2일

     2쇄 2024년 7월 11일

글 그림   유양석, 초코쿠키
펴 낸 곳   재노북스
펴 낸 이   이 시 은

디자인 및 편집   윤서아, 이설희
ISBN   979-11-93297-09-4(77810)

정가   14,000원

출판등록   2022년 4월 6일 (제2022-000006호)
서울시 금천구 가산디지털1로 205-27, 에이원 705호
팩   스 ｜ 050-4095-0245
카톡채널 ｜ 재노북스
이 메 일 ｜ dasolthebest@naver.com
원고접수 ｜ 이메일 혹은 재노북스 카카오톡채널

당신의 경험이 재능이 되는 곳 / 당신의 노력이 노하우가 되는 곳 / 책으로 당신의 성장을 돕습니다.

KC마크는 이 제품이 공통안전기준에 적합하였음을 의미합니다.
제조국 | 대한민국   사용연령 | 8세 이상
⚠아이들이 책을 입에 대거나 모서리에 다치지 않게 주의하세요.